¡Se acabó!

Gabriela Rubio

12

ediciones **sm**

Joaquín Turina, 39 29044 Madrid

EL PEQUEÑO TIGRE
LLORA, LLORA, LLORA...
Y NO SABE CÓMO PARAR.
CUANTO MÁS LO INTENTA, PEOR.

—¡SE ACABÓ! —RUGE MAMÁ TIGRE.

—¡SE ACABÓ! —RUGE PAPÁ TIGRE.

—¡SE ACABÓ!
—¡SE ACABÓ!
—¡SE ACABÓ!
—DICEN LOS ANIMALES.

PERO EL PEQUEÑO TIGRE
SIGUE LLORANDO.
PAPÁ Y MAMÁ
SE LLEVAN LAS PATAS
A LA CABEZA.

—LOS ANIMALES BUENOS NO LLORAN SIN MOTIVO
—DICE EL COCODRILO.
—LOS ANIMALES LISTOS NO LLORAN POR CAPRICHO
—DICE EL MONO.
—LOS ANIMALES VALIENTES NO LLORAN PORQUE SÍ
—DICE EL LEÓN.
PERO EL PEQUEÑO TIGRE NO SABE SI ÉL ES BUENO,
LISTO O VALIENTE.

—¡SE ACABÓ! —GRITAN TODOS DE NUEVO.
PERO EL PEQUEÑO TIGRE NO PUEDE PARAR.
¡QUÉ MÁS QUISIERA ÉL!

14

16

—LOS TIGRES GRANDES NO SE PASAN
LLORANDO TODO EL DÍA
—INTERVIENE ENTONCES SU PADRE.
SER UN TIGRE GRANDE...
¡ESO SÍ LE GUSTARÍA!

17

—CUANDO SEA MAYOR —MURMURA EL PEQUEÑO TIGRE—,
PODRÉ HACER LO QUE QUIERA
Y TODOS ME OBEDECERÁN,
COMO A MAMÁ Y A PAPÁ.
CUANDO NO QUIERA COMER ESPINACAS DIRÉ:
«¡SE ACABÓ!». Y NO TENDRÉ QUE COMER MÁS.

—Cuando esté cansado
de ir de compras diré...

—Y CUANDO ME HARTE DE VER LLOVER,
SUBIRÉ A UNA MONTAÑA
Y GRITARÉ AL CIELO: «¡SE ACABÓ!».
¡HASTA LAS NUBES ME OBEDECERÁN!

PERO LE FALTA MUCHO TIEMPO
PARA HACERSE MAYOR,
Y AHORA NADIE LE HACE CASO.
¡NI SUS LÁGRIMAS LE OBEDECEN!
¿O QUIZÁ SÍ?

EL PEQUEÑO TIGRE HACE UNA PRUEBA:
TOSE, GIME, HIPA Y TRATA DE CONTENER SU LLANTO.

PAPÁ, MAMÁ, EL COCODRILO, EL MONO Y EL LEÓN
MIRAN SORPRENDIDOS:

¡EL PEQUEÑO TIGRE HA DEJADO DE LLORAR!